O caso do cemitério enfeitiçado

Dados Internacionais de Catalogação na Publicação (CIP) de acordo com ISBD

B639c	Blanch, Teresa.
	O caso do cemitério enfeitiçado / Teresa Blanch ; ilustrado por José Labari ; traduzido por Mariana Marcoantonio. - Jandira, SP : Ciranda Cultural, 2023.
	96 p. : il. ; 13,50cm x 20,00cm. - (Os buscapistas ; Vol. 4).
	Título original: El castillo encantado
	ISBN: 978-65-261-0637-2
	1. Literatura infantojuvenil. 2. Diversão. 3. Mistério. 4. Aventura. 5. Investigação. I. Labari, José. II. Marcoantonio, Mariana. III. Título. IV. Série.
2023-1073	CDD 028.5 CDU 82-93

Elaborado por Lucio Feitosa - CRB-8/8803
Índice para catálogo sistemático:
1. Literatura infantojuvenil 028.5
2. Literatura infantojuvenil 82-93

Título original: Los buscapistas: El caso del cementerio embrujado
© texto: Teresa Blanch, 2013
© ilustrações: Jose Labari, 2013
Os direitos de tradução foram negociados com a IMC Agència Literària, SL
Todos os direitos reservados.

Esta é uma publicação Principis, selo exclusivo da Ciranda Cultural
© 2023 Ciranda Cultural Editora e Distribuidora Ltda.

Produção editorial: Ciranda Cultural
Tradução: Mariana Marcoantonio
Diagramação: Ana Dobón
Revisão: Fernanda R. Braga Simon

1ª Edição em 2023
www.cirandacultural.com.br
Todos os direitos reservados. Nenhuma parte desta publicação pode ser reproduzida, arquivada em sistema de busca ou transmitida por qualquer meio, seja ele eletrônico, fotocópia, gravação ou outros, sem prévia autorização do detentor dos direitos, e não pode circular encadernada ou encapada de maneira distinta daquela em que foi publicada, ou sem que as mesmas condições sejam impostas aos compradores subsequentes.

T. BLANCH - J. A. LABARI

O caso do cemitério enfeitiçado

Tradução:
Mariana Marcoantonio

Ciranda Cultural

MAXI CASOS

PEPA PISTAS

Eles se conheceram no maternal e desde então não se separaram. Os dois têm uma agência de detetives e resolvem casos complicados. Pepa é decidida, e Maxi é um pouco medroso... Juntos, formam uma boa equipe.
Eles são **OS BUSCAPISTAS**!

MOUSE, o hamster de Maxi.

Estes são **PULGAS**, o cão farejador da agência, e **NENÉM**, o irmão de Pepa. Sua superchupeta livrou os Buscapistas de mais de uma fria.

AGÊNCIA OS BUSCAPISTAS
Situada na antiga casa de Pulgas.

O MASCARADO ANÔNIMO, um estranho personagem que ajuda os Buscapistas. Mas quem se esconde atrás dessa máscara? **Busque as pistas e descubra a identidade dele!**

Neste número

QUEM PERAMBULA PELO CEMITÉRIO NO MEIO DA NOITE?

UMA MANCHA NA ESCADA

Pepa Pistas e o resto dos seus colegas de classe formavam fila diante do micro-ônibus que os levaria de excursão. Antes de subir, a professora Ling começou a fazer a chamada. Estavam todos, exceto...

– Maxi Casos... – disse a professora Ling quando chegou a vez dos nomes que começavam com M.

Silêncio. A fila de crianças se virou para Pepa.

– Maxi Casos? – repetiu a professora Ling, com uma careta de surpresa, e continuou a chamada...

Onde Maxi havia se enfiado?

Pepa parecia um pouco preocupada.

– Fique tranquila. – O senhor Pistas tentou acalmá-la. – Com certeza ele vai aparecer...

– E se estiver doente e não puder ir? – exclamou Pepa. A ideia de viajar sem o seu melhor amigo a horrorizava.

Neném ofereceu sua chupeta. A chupeta o acalmava, e ele pensou que também acalmaria a irmã.

– Chegou a hora de sair! – A professora Ling guardou a lista e se afastou da porta do veículo para que as crianças subissem e se sentassem. – Sentem-se em duplas, nada de gritar, nem pular, nem...

– Não podemos ir! – gritou Pepa do fim da fila.

A professora Ling deu uma olhada no relógio.

– Tá bom, mais cinco minutos... – Suspirou e então continuou falando: – Posso saber quem deixou a bagagem largada no meio da calçada?

A senhorita Ling se aproximou da mochila e a observou atentamente. Durante alguns segundos, teve a sensação de que se mexia. Quando se agachou para pegá-la, o senhor Pistas se adiantou:

– Eh... pode deixar isso comigo... he, he, he.

– Coloque no porta-malas com o resto da bagagem – avisou a senhora Rodeo, que, além de ser a diretora da escola, dirigia o micro-ônibus e era a cozinheira nas excursões escolares.

O senhor Pistas obedeceu sem reclamar. Dias antes, a professora Ling, sabendo que o pai de Pepa tinha tempo livre disponível antes de começar a escrever o seu próximo romance, lhe pedira para ser pai voluntário e acompanhá-los na excursão.

A professora Ling era uma grande admiradora do senhor Pistas, e ele tinha aceitado com uma única condição: levar o Neném junto. Sua esposa iria a uma convenção de veterinários, e estava claro que o menino não podia ficar sozinho. Essa condição não agradava nem um pouco a senhora Rodeo, que não gostava de bebês.

– Precisamos ir. Está ficando tarde – avisou a senhora Rodeo.

Nesse instante, um carro verde estacionou bruscamente na frente do ônibus, e Maxi, acompanhado de sua mãe, saiu apressado do veículo.

– Posso saber onde você tinha se enfiado? – perguntou Pepa quando eles se sentaram.

Luci Crespas e Cristina Lio, no banco atrás deles, prestavam atenção.

– Não estava encontrando o... – Maxi calou em seguida. Não era permitido levar animais à excursão. – Você sabe.

Pepa olhou para ele com olhos interrogantes.
– O...?

Então Maxi ergueu as sobrancelhas e indicou o capuz da blusa. Nesse instante, Pepa descobriu o focinho do hamster do seu amigo farejando o ambiente.

– Você é um caso, Maxi! – repreendeu Pepa enquanto tirava um recorte de jornal amassado do bolso. – Eu o encontrei ontem à noite na escrivaninha do meu pai.

Luci Crespas e Cristina Lio voltaram a prestar atenção.

Fantasmas no cemitério de Cantervilla

Um pastor que costumava parar para descansar com seu rebanho nas imediações de Cantervilla garantiu a este jornal ter ouvido uns gritos horripilantes provenientes do interior do cemitério. Além do mais, disse ter visto sombras que se moviam do lado de dentro. O medo o obrigou a fugir, e já faz duas noites que não volta ao lugar. A polícia local não parece dar grande importância a esse estranho acontecimento e o atribui a boatos de vizinhos.

– Cantervilla? – sussurrou Maxi com os olhos arregalados.

– Não tenho certeza, mas acho que é justo o lugar aonde... – respondeu Pepa, mas a voz da professora Ling a interrompeu.

– Chegamos! Mas só se levantem dos seus lugares depois que a senhora Rodeo tiver estacionado.

Diante deles se erguia uma casa de três andares, com a fachada em ruínas, a pintura descascada e grandes janelas com persianas de madeira trancadas a sete chaves. O micro-ônibus se deteve, e a senhora Rodeo se levantou de seu assento e se juntou à professora Ling no meio do corredor.

– Bem-vindos a... – anunciou a professora Ling.
– ...Cantervilla! – A senhora Rodeo sorriu.

Pepa Pistas e Maxi Casos deixaram escapar um grito agudo. Estavam arrepiados. Perto da casa, vislumbraram um fantasmagórico cemitério de animais. No cartaz de madeira pendurado na porta de ferro, constava claramente o nome CANTERVILLA.

O mesmo nome que haviam lido no recorte de jornal!

Maxi e Pepa tiveram a estranha sensação de que uns olhos os observavam escondidos entre as lápides de mármore dos animais que jaziam no cemitério.

Lá fora começava a reinar a escuridão. A professora Ling, a senhora Rodeo e o senhor Pistas ajudaram a tirar as bagagens do porta-malas e fizeram os alunos formar fila diante da porta da casa. De novo, a professora Ling teve a sensação de que algo se mexia dentro da enorme mochila do senhor Pistas. Mas não disse nada.

– Acho que a chave está por aqui... – Com um sorriso, a senhora Rodeo vasculhou em sua mochila e tirou uma enorme chave de ferro enferrujada. – É difícil perder essa!

– A casa está fechada há muitos anos – explicou a professora Ling. – Pertence a uns parentes distantes da senhora Rodeo, que tiveram a amabilidade de nos emprestar. Faz tempo que está desabitada, e por isso é provável que encontremos poeira e bastante teia de aranha. Prometemos aos proprietários que não subiríamos ao terceiro andar, porque está em mau estado, e também que não entraríamos no velho cemitério.

A senhora Rodeo pôs a chave na fechadura, girou-a, e a porta se abriu devagar e barulhenta.

NHEEECCC!

25

O interior da casa estava escuro como boca de lobo. A professora Ling e a senhora Rodeo entraram sozinhas e se entretiveram lá dentro. Então a professora Ling escancarou a porta e se apressou para buscar os interruptores, enquanto a senhora Rodeo abria as persianas das janelas. O senhor Pistas, pelo contrário, permaneceu imóvel perto das crianças.

– Senhor Pistas, veio para ajudar, não foi? – A senhora Rodeo lhe lançou um olhar severo.

– Oh... oh... Cla... claro – ele titubeou e se dirigiu às janelas carregando sua grande bagagem.

A pouca luz do exterior iluminou o amplo saguão de tetos altos, dos quais pendiam enormes teias de aranha. Uma grande escada de mármore situada no centro conduzia aos dormitórios do andar superior.

Quando estavam prestes a subir, a senhora Rodeo deteve a todos em seco.

– Quietos! O que é isso?

E se inclinou sobre o primeiro degrau da escada.

– Parece uma mancha vermelha – garantiu a professora Ling.

– Sangue – sussurrou Maxi a Pepa.

– Não diga bobagens – respondeu a menina.

A senhora Rodeo tirou um lenço de papel da sua mochila, molhou-o com água e esfregou o chão.

A mancha vermelha do primeiro degrau desapareceu sem deixar rastros.

QUEM ESTÁ AÍ?

Pepa e Maxi dividiam um dos quartos do primeiro andar com Neném, Luci Crestas e Cristina Lio. Havia dois beliches e uma cama, e a janela dava para o cemitério de animais. As cinco crianças grudaram o nariz no vidro, examinando o cemitério. Entre algumas das lápides, distinguiram tênues luzinhas.

– Vaga-lumes – explicou Maxi, convencido.

As três meninas e Neném observaram com atenção e então olharam para o amigo.

– Nem sonhem em *ablir* a janela! – advertiu Luci.

– Por quê? – perguntou Maxi.

– Vai que, em vez de vaga-lumes, *elam* fantasmas! – murmurou a menina.

Um estrondoso raio explodiu no céu, e, como num passe de mágica, os disjuntores da casa caíram de imediato, e tudo voltou a ficar na mais terrível escuridão. Num pulo, cada um se enfiou no seu saco de dormir.

– Vocês perceberam? – sussurrou Cristina Lio. – Foi só falar nos fantasmas que a luz apagou.

E, nesse instante, a porta do quarto começou a se abrir lentamente. Uma sombra comprida apareceu e se deslizou para o lado de dentro, com passo decidido...

— Pe... pe... paaa! — gritou Maxi da cama superior. — Está indo na sua direção!

Aaaahhh!

— gritou Cristina.

A sombra parou em seco.

– Não gritem desse jeito! Quase me mataram de susto!

– Papai? – disse Pepa, tirando o nariz do saco de dormir.

– O próprio! Estava vindo falar boa-noite.

– Nós também quase *molemos* de susto, senhor Pistas! – exclamou Luci, irritada.

– Não quis assustar... – disse o pai de Pepa.
– Estão com as lanternas no jeito? Acho que o raio danificou o sistema elétrico da casa. A senhora Rodeo já telefonou, mas só vão vir consertar amanhã de manhã...

TUTURUUU-TURUTURUU!

O som desafinado de uma corneta fez retumbar as paredes da casa. O senhor Pistas se assustou de novo. Era a curiosa forma que a senhora Rodeo tinha de dar boa-noite quando iam viajar.

– Não sei se foi boa ideia ter vindo – lamentou-se o senhor Pistas, com os dedos nos ouvidos. – Se precisarem de qualquer coisa, estou no fim do corredor. E lembrem-se de que o banheiro fica lá embaixo.

Maxi pensou que a melhor coisa seria não se mover da cama até amanhecer. Se tivesse vontade de ir ao banheiro, aguentaria! Aquela escuridão o deixava de cabelo em pé.

O senhor Pistas saiu do quarto e deixou a porta entreaberta. A luz de uma lanterna começou a correr pelas paredes.

– Isso está cheio de teias de aranha! – informou Cristina, do alto do seu beliche. – Vou dormir com a boca fechada, por causa dos bichos.

Dito isso, apagou a lanterna, e eles voltaram a ficar numa escuridão total.

– Que *balulho* é esse? – sussurrou Luci.

– Ssshhhh! É o meu irmão – disse Pepa. – Está dormindo.

– E ele faz isso a noite inteira? – quis saber Cristina.

– É só no começo... – explicou Maxi, enquanto brincava com Mouse.

Mais uma vez, o quarto ficou em silêncio. As vozes do resto dos colegas de classe foram se apagando, e só lhes chegava um ou outro ronco misturado com o grito de algum animal do lado de fora.

– Estão ouvindo as corujas? Iiii, iiii, iiii! – imitou Cristina.

– Eu pensava que as corujas fizessem "Uuuh, uuuh" – estranhou Maxi.

Pepa permaneceu em silêncio, pensativa. Maxi tinha razão. Aquele barulho não era de coruja... Nesse instante, lembrou-se do recorte de jornal que havia encontrado na escrivaninha de seu pai.

– Acho que... – começou a dizer Pepa.

O amigo apareceu pela parte superior do beliche. Isso significava que também não tinha se mexido.

– Então, quem está aí? – perguntou Cristina, alarmada.

– *Selão* fantasmas?! – gritou Luci.

Um segundo raio fez o céu estremecer e iluminou o quarto. A porta se abriu de repente, e as quatro crianças vislumbraram uma imagem que lhes pareceu fantasmagórica.

A senhora Rodeo, vestida com uma camisola branca, longa até os pés, estava de pé ao lado da porta. Dito isso, desapareceu da mesma forma como havia aparecido.

As quatro crianças permaneceram caladas, ainda com o medo no corpo. Mas, aos poucos, o sono foi se apropriando de Luci... Cristina... Pepa também começou a sentir os olhos pesados. E, incapaz de mantê-los abertos, deixou-se levar...

– Pepa! Pepa! – sussurravam ao seu ouvido.

A menina continuou com os olhos fechados, convencida de que a voz fazia parte de um sonho.

– Pepa! – por fim Maxi a sacudiu.

– Qu... que foi?

– Vai ao banheiro comigo? Não posso aguentar mais!

Ao banheiro?

Pepa esfregou os olhos e bocejou. Não podia ser verdade! Depois de tudo o que tinha acontecido, queria ir ao banheiro?

– Por favor... – Maxi dava pequenos pulos ao lado da cama dela. Mouse o observava de cima do beliche.

Ao perceber que o amigo estava mesmo apertado, Pepa não quis discutir e se levantou. Lanterna na mão, eles saíram do quarto e percorreram o longo corredor, olhando para um lado e para o outro, para a frente e para trás, até chegar à ampla escada de mármore.

– Vamos, seja rápido... Espero você aqui.

Pepa se sentou no primeiro degrau e se entreteve iluminando diferentes lugares do saguão. Mas logo mudou de ideia. Tinha a sensação de que atrás de cada móvel havia uma sombra. Por isso dirigiu o foco ao chão da escada.

E então notou algo que a fez empalidecer! Sob o seu pé esquerdo havia... o que era aquilo?! Pepa levantou o pé e se inclinou para olhar mais de perto.

Uma mancha vermelha! A mesma que a senhora Rodeo tinha limpado quando chegaram!

Da escuridão apareceu uma luz que avançava até ela se sacudindo.

– Corra! – exclamou Maxi. – Veja...

Seu amigo mal teve tempo de parar. Sua respiração era entrecortada...

um grito agudo não o deixou terminar.

– O que foi isso? – perguntou Pepa.

Mas Maxi a pegou pelo braço e a arrastou escada acima. Entraram no quarto e se enfiaram no saco de dormir, fechando o zíper até a cabeça. Permaneceram imóveis feito duas múmias até o dia seguinte.

QUE GRAÇA!

Na manhã seguinte, não se falava em outra coisa.

– Como é possível que a mancha continue na escada? – perguntou Cristina, observando de perto.

Maxi Casos pegou seu caderno e um lápis.

– O que vai fazer *agola*? – quis saber Luci.

– Somos os Buscapistas. Vamos dar início à investigação – respondeu Pepa.

A senhora Rodeo, que estivera observando de perto, aproximou-se das crianças.

– Alguma coisa interessante? – perguntou com um sorriso de orelha a orelha.

Pepa apontou para o degrau.

– A mancha que a senhora limpou ontem voltou a aparecer!

– Hummm... que estranho! – disse a senhora Rodeo, que se virou e, sem que as crianças percebessem, deixou escapar um estranho sorriso. Somente o senhor Pistas, que se aproximava pela frente dela, notou a expressão malévola da diretora.

– Viram o Neném? – perguntou o pai de Pepa.

– Eu o vi perto do cemitério. Não se preocupe, a professora Ling está lá fora – respondeu com voz severa a senhora Rodeo. – Venha me ajudar na cozinha.

Pepa, Maxi, Cristina e Luci foram ao encontro de Neném. E, bem como a diretora dissera, ele estava brincando perto do portão de ferro do cemitério. Ao longe, viram a professora Ling com um grupo de crianças.

– De dia tem outra aparência, né? – garantiu Maxi, que mal se atrevia a olhar para dentro do cemitério.

– Já *dulante* a noite, fica *fantasmagólico*! – disse Luci.

Maxi abriu o caderno e, sob o olhar atento das colegas, começou a anotar:

CASO CANTERVILLA

- ✓ MANCHAS DE SANGUE QUE APARECEM DO NADA.
- ✓ GRITOS NO CEMITÉRIO.
- ✓ UIVOS.
- ✓ FANTASMAS NO BANHEIRO.

– Fantasmas no banheiro?! – exclamaram as três meninas.

– Ontem à noite tinha um fantasma escondido atrás de uma das portas do banheiro. Eu vi os pés dele...

– E por que não me disse nada? – perguntou Pepa.

– Eu estava morrendo de medo... – desculpou-se Maxi.

De repente, Pepa deu uma olhada ao redor e se levantou, sobressaltada.

– Neném?

Seu irmão havia desaparecido!

Pepa começou a correr, seguida dos amigos.

– Mouse, busque! – Maxi tirou seu hamster do capuz. – Tenho certeza de que você pode encontrá-lo...

Pepa fez uma careta. Maxi confiava demais em seu hamster!

Mouse começou a correr beirando o muro que rodeava o cemitério. De repente, parou e farejou... e, então, fez algo inesperado! Entrou no recinto funerário através de um buraco enorme na parede.

– Mas o que ele está fazendo? – perguntou Pepa, com as mãos para cima.

– Venha aqui! – gritou Maxi.

Mouse virou a cabeça, mas, em vez de obedecer, seguiu em frente.

– Vamos ter que entrar... – desculpou-se Maxi. – Não podemos deixá-lo sozinho aí dentro.

– É o seu hamster. Vá você – respondeu Pepa, com os braços cruzados.

– Eu? – As pernas de Maxi começaram a tremer.

Cristina e Luci concordaram com a decisão de Pepa. Por isso, Maxi se viu forçado a pular o portão do cemitério.

– Vou seguir as pegadas que encontrar no barro...! – gritou Maxi pelo buraco. – Também vi pegadas de uns pés pequenos.

– Como? – perguntou Pepa, de pé do outro lado.

– Tem umas pegadas que parecem ser do Neném... e vão para dentro do cemitério – esclareceu Maxi.

– Oh, não! Temos que tirá-lo daí! – Pepa teve calafrios de pensar que precisava entrar no cemitério.

– Nós esperamos vocês! – acrescentou Cristina.

– Sim, aqui *fola*! – concordou Luci.

Foi assim que Pepa e Maxi andaram até o fundo do cemitério, seguindo as pegadas de Neném e Mouse. No entanto, por causa da maleza, logo perderam o rastro delas. Em volta, o mato camuflava velhas lápides rachadas. Algumas se mantinham em perfeito estado, e até dava para ler pequenas inscrições gravadas na pedra.

— Tem cheiro de bicho — indicou Maxi, farejando o ambiente.

As duas crianças passaram diante de um enorme mausoléu, cuja porta estava aberta. Pepa deu uma olhada do lado de dentro.

— Que sujeira! Tem caixas e sacos de lixo. Estou vendo uma escada. Talvez leve a alguma cripta. Vamos ter que descer...

Maxi empalideceu. Descer? A uma cripta? E se aparecesse a múmia de algum animal? Nem pensar! As lápides já tinham sido suficientes para ele.

– Não... não...

Pepa segurou o braço do amigo e o empurrou escada abaixo. À medida que eles desciam, a umidade aumentava.

– Vamos embora! – propôs Maxi. – Isso está cheirando mal. E está muito escuro...

– Mais um pouco... Precisamos encontrar o Neném e o Mouse.

– gritou Maxi, e correu escada acima, em direção ao mausoléu, para sair voando pela porta.

Quando Pepa pôde reagir, Maxi tinha desaparecido! Ela se apressou para sair daquele lugar o mais rápido que suas pernas lhe permitiram, tentando não tropeçar em nada. Ao chegar perto do buraco do portão, ouviu as vozes dos seus amigos, que a chamavam.

– Aquiii!

Uma vez do lado de fora, olhou para o amigo com cara feia. Então prestou atenção no seu irmãozinho: o que era aquilo pendurado no pescoço dele?

– Um macaco – disse Maxi, que voltava a levar Mouse para dentro do capuz, com o focinho para fora.

– Está meio dormindo – explicou Cristina.

– E é uma graça!

– Mas onde você encontrou isso? – Pepa estava atônita.

Neném apontou para o cemitério.

OS IRMÃOS CHAPUZAS

As nuvens pretas indicavam novas chuvas. Um vento tempestuoso se levantou de repente, e a professora Ling fez soar seu apito. Isso significava que todos deveriam entrar na casa.

– O que fazemos com o macaco? – perguntou Maxi.

O animal era pequeno, parecia indefeso e muito assustado.

– Por enquanto, vamos escondê-lo no quarto do papai. Acho que é o lugar mais seguro. – Pepa tentava bolar um plano perfeito para que não o descobrissem. – Vamos!

Cobriu o irmãozinho com seu casaco enorme, escondendo o macaco embaixo dele, para que ninguém pudesse vê-lo.

Quando estavam chegando à porta principal da casa, uma van branca, na qual se lia "Irmãos Chapuzas – Consertos Elétricos", estacionou diante deles.

Dois homens vestidos com macacão azul e capacete de proteção desceram do veículo.

A senhora Rodeo saiu para recebê-los.

– Senhores Chapuzas, nada funciona. E, como devem compreender, não podemos ficar no escuro. As lanternas de algumas das crianças já estão sem pilha. Receio que, se os senhores não puderem consertar o defeito, vamos ter que ir embora. Este lugar é meio tenebroso sem luz...

Os dois homens não disseram nada. Limitaram-se a entrar arrastando uma grande caixa que parecia de ferramentas. E começaram a subir a escada para o terceiro andar.

– Acho que o quadro de luz está aqui embaixo – advertiu a senhora Rodeo.

Um dos irmãos Chapuzas se limitou a olhar fixa e profundamente para a diretora e levou um dedo aos lábios:

Chiiisst!

– Oh! – foi a única coisa que a diretora se atreveu a dizer.

– Eles são eletricistas... – anunciou a professora Ling. – Sabem o que estão fazendo. Deve ser que do terceiro andar têm acesso ao telhado da casa e podem consertar tudo.

O senhor Pistas fez uma careta estranha.

O que estava claro era que, com a chegada dos Chapuzas, Pepa, Maxi, Neném, Cristina e Luci tinham conseguido passar totalmente despercebidos e estavam abrindo a porta do quarto do pai de Pepa!

Uma vez lá dentro...

– Temos que procurar um esconderijo – disse Maxi.

Após descartar deixar o macaco debaixo da cama, em cima do lustre ou dentro da mala, decidiram enfiá-lo no guarda-roupa!

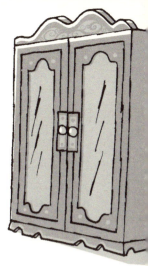

Cristina correu para abrir a porta, e, quando fez isso, uma espécie de monstro de quatro patas se jogou em cima dela.

– Aaahhh! – gritou Luci. – *Socolo*!
– Pulgas! – exclamaram Pepa e Maxi.

Pulgas balançava o rabo, feliz, e dava lambidas em Luci.

– Que diabo está acontecendo?

A senhora Rodeo estava imóvel diante deles.

– O que eu disse sobre animais? – perguntou, severa.

– É dela! – Maxi, Cristina e Luci apontaram para Pepa.

– Seus traidores... – murmurou.

"Iiiiii! Iiii", uns gritinhos agudos saíram de baixo do casaco de Neném. Ele pôs a mão na barriga.

– Esse menino está com fome – grunhiu a senhora Rodeo. – Pra barriga roncar desse jeito!

Num piscar de olhos, os irmãos Chapuzas se plantaram no quarto do pai de Pepa, arrastando a caixa de ferramentas, que parecia uma jaula. Um dos irmãos estava comendo uma banana.

– Posso saber o que estão fazendo bisbilhotando pela casa em vez de fazer o trabalho de vocês? – A diretora estava vermelha como um pimentão. – Eu já disse que o quadro elétrico fica lá embaixo!

Por baixo do casaco de Neném, apareceu a cabecinha do pequeno macaco.

A senhora Rodeo desmaiou. Um dos Chapuzas conseguiu segurá-la antes que ela caísse, enquanto o outro aproximava a banana do macaco assustado. Pulgas corria em volta do macaco. Mas este não se decidia a pegar a fruta. Parecia muito assustado.

– Posso saber que confusão toda é essa?
– A professora Ling, seguida do resto das crianças, observava a cena, imóvel. – Solte a senhora Rodeo ou eu chamo a polícia!

O irmão Chapuzas que estava segurando a diretora olhou admirado para a professora Ling.

– Quer mesmo que eu a solte? He, he, he!

A professora Ling negou com a cabeça.

– Caramba! Está parecendo um zoológico – disse o senhor Pistas.

A professora Ling o fez calar.

– O que está acontecendo?

O irmão Chapuzas que havia oferecido a banana para o macaco tirou um revólver do bolso lateral. Imediatamente, todo mundo ergueu os braços.

– He, he, he! Vamos, é um simples revólver... – Continuou procurando em outro bolso e guardou a arma. – Talvez esteja aqui... É isso! Já encontrei...

Esticou uma placa para a professora Ling. O senhor Pistas observou a placa com atenção por cima do ombro da professora.

– É delegado de polícia? – A professora Ling respirou aliviada.

– Isso mesmo, professora. Alguém nos telefonou nos alertando da possibilidade de que na cripta do cemitério houvesse macacos sauá. – O delegado Chapuzas apontou para o macaquinho. – Aqui está a prova! He, he, he!

Pepa e Maxi arregalaram os olhos. Agora entendiam os gritos do cemitério e, mais concretamente, de dentro da cripta.

– Não eram gritos de múmias! – exclamou Maxi. – Eram macacos!

– Que crianças espertas! O que mais vocês sabem sobre o assunto? – interessou-se o delegado com os dentes apertados e um olhar perspicaz.

A senhora Rodeo abriu os olhos no instante em que Pepa e Maxi relatavam o episódio na cripta. Estava tão tonta que não sabia se o que estava escutando era real ou se era um sonho. Decidiu desabar de novo nos braços do policial Chapuzas.

– Uff – bufou o homem. – Estou esgotado.

O delegado Chapuzas ajudou o irmão a deitar a diretora na cama do pai de Pepa.

– Faz alguns dias que estamos seguindo a pista desses traficantes. Mas são sorrateiros e muito espertos. – Os dentes do delegado brilharam. – Há alguns dias, começamos a suspeitar da possibilidade de que se escondessem aqui. A imprensa começou a falar do assunto... mas a polícia nem ligou... São tão ton... Quero dizer, fizemos de conta que não estávamos interessados. Cof cof...

Pepa notou que seu pai fazia uma careta.

– O senhor se importa se eu levar o bebê ao banheiro? – disse de repente.

– Mas volte em seguida! – exclamou o irmão do delegado.

– Vamos, irmãozinho! Não seja grosseiro com o senhor... – E continuou explicando: – O problema elétrico foi perfeito para nos fantasiar e passar despercebidos. Em poucas horas, os sauás serão vendidos em troca de uma importante quantia de dinheiro. He, he, he! Não saiam de dentro da casa; o resto é com a gente. Agora mesmo vamos carregar os macacos na van e, assim que parar de chover, vamos...

A professora Ling conduziu todas as crianças ao grande salão. Do lado de fora, caía uma chuva torrencial. Os dois policiais, cobertos com capas de chuva, dirigiram-se à cripta.

As luzes de um carro surgiram ao longe. Alguém esmurrou a porta com força.

O senhor Pistas, acompanhado de Neném, aproximou-se da porta devagar. A professora Ling correu até ele com olhos interrogantes.

O senhor Pistas se apressou para abrir.

– Delegado Chapuzas! – apresentou-se um homem de aparência amável.

– Não pode ser... – disse a professora Ling, que havia se aproximado da porta. – O delegado Chapuzas e o irmão dele estão em...

– Senhor! Já os pegamos! – gritou um agente. – Estavam tirando os macacos da cripta.

De trás das grandes janelas, Pepa, Maxi e seus colegas observaram os dois falsos irmãos Chapuzas serem presos.

– Eles interceptaram as ligações e se fizeram passar por nós – explicou o verdadeiro delegado Chapuzas. – Mas nós os seguíamos de perto.

– O que aconteceu? – A senhora Rodeo, branca como um papel, descia pela escada.

– Cuidado, senhora! – exclamou o delegado. – Tem uma mancha de sangue nesse degrau.

– É tinta! – disse ela, brava. – Era para assustar um pouco as crianças e criar uma situação de mistério... Mas, com toda essa confusão, não teria sido necessário! Até coloquei uma camisola branca, longa até os pés, para que me confundissem com um fantasma.

Maxi observou a senhora Rodeo. E esta lhe devolveu o olhar.

– Eu também costumo ir ao banheiro no meio da noite! – E piscou um olho para Maxi.

Ajude Pepa e Maxi a encontrar as 7 chaves que os Chapuzas esconderam dentro e perto da casa da excursão. Cada chave é diferente e abre uma única porta.

Procure também:

- ☐ Os falsos irmãos Chapuzas
- ☐ Cristina e Luci
- ☐ Mouse
- ☐ Neném
- ☐ Pulgas
- ☐ O Mascarado Anônimo

TODAS AS AVENTURAS DE PEPA E MAXI...